« À Camille et Lucie. »

C. B.

 • 22 rue Huyghens, 75014 Paris • www.albin-michel.fr
Loi n° 49-956 du 16 juillet 1949 sur les publications destinées à la jeunesse
Dépôt légal : second semestre 2017 • N° d'édition : 22721/02 • ISBN-13 : 978-2-226-39934-2
Imprimé en France par Pollina - 83140

MICHEL PIQUEMAL

CÉCILE BECQ

Les AMOUREUX du PALAIS de GLACE

Albin Michel Jeunesse

Il était une fois, aux confins de l'immense et froide Russie, une reine aussi laide que cruelle. Elle gouvernait le pays d'une main de fer et ses sujets tremblaient devant ses caprices.

Comme son mari était mort à la guerre, elle décida un jour de se remarier.

Or il y avait à la cour un jeune comte du nom d'Igor qui alliait noblesse et beauté. C'est lui qu'elle choisit.

Persuadée qu'on ne peut rien refuser à une reine, elle envoya sa dame de compagnie lui annoncer qu'il était l'heureux élu.

Mais le comte aimait depuis plusieurs mois une jeune fille, qui le chérissait en retour de toute son âme.

Aussi, sa réponse fut négative.

« Grande et belle reine, je ne mérite pas l'honneur que vous me faites. Je me dois de le décliner. Mon cœur reste froid à votre désir, car il brûle depuis longtemps pour Milena, une jeune fille qui m'aime d'un même amour. Elle est de modeste condition, mais son âme est pure et noble. »

La reine reçut cette réponse du comte comme une gifle en plein visage. Sa colère n'eut pas de bornes.

Elle fit aussitôt enfermer les deux jeunes gens dans la sombre prison du royaume… le temps de méditer une vengeance à la hauteur de l'affront.

Les mots mêmes du comte, qui osait « rester froid à son désir », résonnaient dans la tête de la reine. Comme on était au plus froid de l'hiver, ce furent ces mots qui lui inspirèrent le projet le plus terrible qu'on puisse imaginer.

Le grand architecte du royaume, qui n'était autre que le propre frère du comte, fut convoqué par la reine.

– Tu vas me bâtir, à la sortie de la ville, un palais. Je le veux magnifique, somptueux, mais tout de givre, de neige et de glace.

– Mais, ma reine, répondit-il, vous ne pourrez habiter un tel palais que rien ne saurait réchauffer. Vous en mourriez !

– Fais ce que je te dis, répliqua-t-elle, je le destine à deux amoureux transis. Ils brûlent d'amour, paraît-il, ce sera une demeure parfaite pour leur nuit de noces.

Et elle éclata d'un rire cruel, qui sembla ne jamais finir.

– À vos ordres, ma reine.

L'architecte quitta le salon le cœur sombre. Car il avait deviné quelle vengeance horrible la reine préparait à son frère et à celle qu'il aimait.

Toute la nuit, il réfléchit au moyen de les sauver. Il conjura les étoiles du ciel de l'aider à trouver une idée pour leur épargner pareille agonie. Leur lumière lui porta conseil.

Au matin, il convoqua ses ouvriers dans un endroit précis qu'il connaissait en bordure d'une forêt.

C'est là qu'il ferait édifier le palais. Le plus féerique des palais de glace.

Sous sa direction, les ouvriers découpèrent durant des jours d'immenses blocs translucides, luisants comme des diamants.

Ils les empilèrent,
les assemblèrent.
Il suffisait d'un peu d'eau
pour les lier… et ils devenaient
murs, puis murailles,
tours et clochers.

Au bout d'un mois, l'édifice se dressait
majestueux en lisière de la forêt.
La reine tenait sa revanche.

Elle libéra de prison Igor et Milena, les deux amoureux, les fit monter dans un carrosse, habillés en futurs époux.

Et le cortège, suivi par toute la cour, se rendit au palais étincelant de givre.

Devant l'entrée de glace, un pope consacra leur mariage.

Puis, en ricanant, la reine déclara :
– À moi de vous offrir votre nuit de noces !

Très dignes, se tenant par la main, les deux amoureux pénétrèrent alors dans l'étrange construction glacée.

Derrière eux, la reine fit sceller les portes de ce qui allait devenir leur tombeau, tandis que beaucoup de sujets pleuraient en secret.

Igor et Milena étaient bien décidés
à mourir dans les bras l'un de l'autre.
Mais l'architecte leur avait réservé une belle surprise.
Au cœur du palais, un escalier de glace les mena profondément
sous terre jusqu'à des galeries d'anciennes mines.

Dans une grotte chaleureuse recouverte de fourrures, un lit
de velours les attendait. Ainsi que de l'eau, de la nourriture.

Ils purent ainsi s'aimer
et survivre jusqu'au printemps.

Après des semaines, le dégel s'amorça.
L'horrible reine obligea alors sa cour à venir, sur les lieux mêmes du palais qui fondait, contempler la dépouille des amants.

Mais, par un délicieux coup du sort, Igor et Milena sortirent au même instant de leur refuge, aussi frais que des roses.

La reine, croyant à des fantômes
venus se venger, devint folle.
Elle s'enfuit, courant, éperdue.

Mais les eaux libérées par la fonte des murs
de glace la rattrapèrent et l'emportèrent…
pour la noyer dans les profondeurs d'un lac.

Devant tant de prodiges, la cour s'émerveilla
et offrit aux jeunes époux de conduire désormais
la marche du royaume. Dans la paix, la justice et l'amour !